老马其人

马小面 著

九州出版社
JIUZHOUPRESS

图书在版编目（ＣＩＰ）数据

老马其人 / 马小面著. -- 北京 ：九州出版社，
2020.9
ISBN 978-7-5108-9435-0

Ⅰ．①老… Ⅱ．①马… Ⅲ．①散文集－中国－当代
Ⅳ．① I267

中国版本图书馆 CIP 数据核字（2020）第 159289 号

老马其人

作　　者　马小面　著
出版发行　九州出版社
地　　址　北京市西城区阜外大街甲 35 号（100037）
发行电话　（010）68992190/3/5/6
网　　址　www.jiuzhoupress.com
电子邮箱　jiuzhou@jiuzhoupress.com
印　　刷　武汉市卓源印务有限公司
开　　本　787 毫米 ×1092 毫米　32 开
印　　张　3
字　　数　42 千字
版　　次　2020 年 9 月第 1 版
印　　次　2020 年 9 月第 1 次印刷
书　　号　ISBN 978-7-5108-9435-0
定　　价　32.00 元

前　言

　　写这些文字的初衷和目的是纪念我逝去的父亲，也就是我文字中提到的老马（老马头儿、老头儿、我们老头儿、爸爸……爱称像爱一样多）。对我而言，他不仅是我的父亲，还是我人生中一位非常重要的好朋友。所以他的离世，带给我和我家人的冲击非常大。他过世的原因是心源性猝死，是在上班的路上发病的，那时没有家人在他身边，等家人接到通知时他早就已经离开了我们。突如其来的打击让我和家人们都心痛不已，我心里的悲伤更是无以言表，因此我选择把我的思念、遗憾还有希冀以文字的形式记录下来。我深切地明白失去亲人的痛苦，也理解我们还在世的人需要向前看，如果读这本书的你在向前看的过程中遇到了这样巨大又无法向他人诉说的悲伤，希望你也能找到属于你的独特方式给自己的心一个缓冲地带。

　　最后也祝福读到这本书的读者们身体康健，阖家幸福。

目 录
Contents

第一章　去世

1. 回国前

　　我们老头儿的去世很突然。从我的视角来看，美国时间 2019 年 12 月 22 号当天早上我还收到了他的微信消息，当晚就接到我妈妈，也就是我家老丁的微信消息说："你爸病重，你立刻回家一趟。"我一开始以为是发错了，就只回了个问号儿。然后老丁回复了一句"立刻买票，不要考虑价格"。我一下儿就懵了，立马给她打了电话，电话里的老丁泣不成声，我更懵了。我家老丁那么坚强乐观的女性竟然哽咽着说我们老头儿昏迷了，我立马认识到了问题的严重性。前后加起来没有二十分钟，我买好了回国的票之后把截图发给了老丁。在那之后我就没有打通过她的电话，

● 老马其人

一直到我登上回家的飞机都没有联系到老丁，这个事儿搞得我心里有点儿慌。但是我在之前那通我和老丁唯一的电话里听到了我姑姑的声音，所以我登机之前给姑姑发了微信跟她说了我几点会到哪儿、接我的话去哪儿等我之类的信息。

而且我在美国南部，十二月的气温大概有二十度，在前一天我和我们老头儿打视频电话的时候，我还穿着短袖儿跟他嘚瑟说我们这边天天二十度一点儿也不冷，看他在家只穿了件儿薄毛衣我特意嘱咐他要多穿点儿不要冻着，他还满口答应，说自己喝点小酒儿热热乎乎的不仅不冷还要出汗呢。没想到第二天我就收到了这样令人绝望的消息。看着天气预报，打包的时候我都是拣衣柜里最厚的衣服拿，但是上飞机的时候我脚上穿的还是人字拖，温差悬殊。

总共将近 25 个小时的飞行过程中我既担忧又恐惧。我的脑子不受控制，思绪万千。我想，我们老头儿究竟是什么状况，可能昏迷了，可能瘫痪了，甚至可能不在这个世界了，但即使是想到最坏的结局，我也希望至少他走的时候没有受什么罪。我还想，如果他昏迷了，我立马就申请休学在家照顾他，所以可能会用到的学习用品我也一并都带在了身上。其实我对家里的具体情况一无所知，而这个未知带来的恐惧和忐忑打击力更为强劲。雪上加霜的是，在第二班从美国往北京飞的长达十个多小时的航班中，我周围都是老年人，他们是一个旅行团，占了三分之一个飞机。原来如果我坐飞机遇到这样一群老人，看着他们高兴地聊天儿吃饭上厕所我会觉得这个世界真好，老人们都自由自在地玩儿着幸福着，但那时的我会想，我们老头儿现在怎么样了，想到我们昏迷的老头儿再看到这些爷爷奶奶的笑脸，我就越来越伤心。我不敢想很久，因为想着想着就会往最坏的结果上想，所以整个过程我内心都很煎熬，也不停地跟自己讲别胡思乱想了赶紧睡觉吧，哪知道这觉也不听话，总是不来找我。最后在睁着眼醒着二十多个小时后，我还是睡着了。睡了不到三个小时我又醒了，一睁眼看到周围大家都睡着，不安静的我的想法们在这极为安静的环境里又开始作祟。

2. 第一天

下了飞机，过了海关，拿到箱子，找到更衣间，我套上了秋衣秋裤，穿起了厚袜子、毛衣还有羽绒服。出了通道，接我的果然是姑姑和姑父。不想让悲伤占据整个儿谈话，我装着不经心地跟他们聊天。当我问他们现在我们老头儿是什么情况时，他们顿了顿说不太好；我说，最坏的我也想到过，他们说那就好，你得坚强起来。我心一下儿就沉了，手也慢慢儿凉透了。到了我们家楼下，车一转弯儿拐进了隔壁宾馆的院子。我以为拐错了，结果姑姑姑父说没错。我一时间还没反应过来，但走进宾馆大门很快就见到了老丁，她出了屋门儿见到我的一瞬间眼泪就出来了，张口说的第一句话是"你没爸爸了"。我愣了，大概这几个字儿、这句话、这个场面我想忘记是很难了。我之前觉得我什么都想到了，但是真到了面对的时候我所谓的自我控制早跑得无影无踪了。

简单放好行李，我跟着妈妈姑姑还有姑父去医院。

十几分钟后，在太平间里我见到了老马头儿，我家老头儿。我傻了，眼泪止不住得往下掉。我想象不到，我的爸爸，整天乐呵呵笑嘻嘻的我们老头儿，甚至两天前还举着手机跟我打着视频电话开着玩笑的我们老头儿，他怎么就会躺在我面前这透明大盒子里。旁边的小桌子上摆着他的黑白照片儿，前面儿放着香炉、迷你的玻璃小电脑、手机、金元宝，一堆东西。没能说出一句话，我绕了一圈儿走到透明盒子的另一边，站定，开始哭，除了哭，我做不出别的任何动作。所有大人都让我走，说太平间地方儿阴，最好别待太久，但我不想走，我想再多跟我们老头儿待一会儿，哪怕就多一小会儿。被告知后天一早我们老头儿就要送去火化进墓地，我的心真的绞着疼。我为自己抱不平，我心说，敢情这段时间你们是经常见到我们老头儿了，我这才回来，而且已经五个月没面对面见到他了，怎么一回来就看见他冷冰冰地躺在那里呢，怎么他连话都不能跟我说了呢。我心里的委屈像火山一样爆发了。可是我也知道，老丁很难过，姑姑姑父也很难过，所以我尝试着很快收回自己的眼泪和情绪，装着不那么难过。

　　出了医院，因为考虑到之后要在零下的北京早起而我只有一件儿薄的短羽绒服，老丁带我去买了件儿厚羽绒服，然后我们找了家饺子馆儿吃晚饭。吃饭期间，看着桌儿上的饺子，听着老丁说老马头儿本来都计划好了的退休生活，我哭了，一边儿哭一边儿说话一边儿吃，我打心底替我们老头儿委屈。明明我们老头儿还有半年就退休了，上个月他就跟我说他把办退休的材料都准备好了，怎么一下人就没了。我们老丁一滴眼泪都没掉，她只是平静地说着这些话，我看着却很心疼。他们两个平常老拌嘴，但真的谁也离不开谁，此刻她坐在我对面儿心里肯定更难受。而我，被无奈活活淹没。晚上回到家，我和老丁一起给老马头儿收拾东西，我人生中第一次正式地给他擦了皮鞋。初中的时候我曾经开玩笑似的给他擦过一双鞋，成年以后这还是第一次，擦的时候我内心波涛汹涌。我后悔，满脑子都是后悔。所以，亲人还在的时候，真的要珍惜。

　　我跟老丁打开一个又一个在房间角落堆着的箱

子、盒子、袋子，发现有好几箱都是老马的东西，但是他早都忘了，还天天儿在家嚷嚷自己没衣服穿，嚷嚷这个家里没他的东西。其实只有他没意识到，这个家里哪儿哪儿都是他的痕迹。饭桌上他的烟灰缸儿里头还有烟灰，架子上他前几天才腌好的腊八儿蒜（天知道我看到这两罐腊八儿蒜哭了多久，想起来就想哭），厨房他没刷的碗盘筷子和泡着碗的水，鞋柜前头放着的他的皮鞋，他和老丁的床缝儿里散落着的从他裤兜儿里掉出来的钢镚儿，卫生间架子上他放的小水植，鱼缸里他随手一扔就养起来的小虾，这个男人和他的痕迹布满了整个家，当然也包括我和老丁的心。

3. 第二天

第二天，我跟着妈妈和姑姑姑父去派出所儿看记录着老头儿去世时候的公交车录像，我心里紧张得不行，在去的路上一遍又一遍在心里跟自己默念不能哭要冷静。虽然车上的人都知道我们老头儿是猝死，心源性猝死，但当时到底是什么情形其实谁也不知道，家里人谁也没来得及见到他最后一面，所以在等候室里大家都紧张地搭着话。

过了一会儿，一位警官带我们进了一间办公室。看到视频，震惊和伤痛还是远远超过了我的想象。我们老头儿上了车，坐在了司机后面的位置，还翘上了二郎腿儿，一切看着都还很正常。可下一秒他就开始晃悠，先是头向下狠狠晃了一下儿，然后坐起来向后仰头，仿佛是想呼吸，之后他伸了手，但手还没举到头顶儿他就往旁边儿倒下了。车上的特勤人员来扶他，他就只是一个劲儿往下出溜儿，直到最后瘫坐在地上。然后有人去跟司机说出事儿了，之后公交车停了，但我们老头儿已经躺在了地上，整个过程一共不到三分钟。没人知道怎么救他，也没人要救他，大家都走了。乘车的人下车了，司机也下车了，车里就我们老头儿孤零零地躺在过道儿上。我的眼泪早就啪嗒啪嗒在掉了，本来我不想开口说话打破大家好不容易维持住的平静，但看到我们老头儿孤零零一个人躺在那儿，我终于还是忍不住了，我问，为什么他们就放我们老头儿一个人在车上啊，没人回答。是啊，没人回答我，没人能知道为什么。为什么我们老头儿坐着坐着车就倒下了，为什么没人去救他，为什么没人在车里陪他，谁也不知道。直到那段视频结束，大概有十分钟，我们老头儿就那么躺在那儿，一个人。这个场景，这个视频，我只看了一遍，但应该也是永生难忘。走出派出所的时候，大家都在说，老头儿走得快，没受什么罪，我知道他没受什么罪，我还知道，他们都避而不谈的是，我们老头儿，没了。一个人，孤零零地，走了。对于车上发生的一切，视频里的每一帧，就仿佛是一个开关，只要有人提，我的眼泪闸门怕是立马就要大开。

　　下午回到了宾馆，我心里还是过不去那个劲儿。回去的路上我就默默想好了，不管怎样我得找老头儿"谈谈"，我心里的委屈要是憋着不说出来我可能要闷"死"，所以我跟妈妈姑姑姑父报备了之后自己出发去了医院。把手插在羽绒服的兜儿里紧紧攥着能让太平间开门的粉色单子，我想起妈妈嘱咐我一定要拿好，要不就见不到爸爸了，难过又一次把我埋没。

● 老马其人

站在平常我和我们老头儿等公交的车站，跟那天早上的老头儿等着一样的车，我心里五味杂陈。下了车往医院走，我想起以前这是爸爸牵着我常走的路，上高中也是这条路，他下班回家我去迎他也是这条路，现在竟然成了我去太平间能见他的唯一的路，心伤无以言表。那一路上，身边走过的人熙熙攘攘，我仿佛是一个人在逆行，世上所有的寒风都吹向我，我的眼泪总是自己跑出来，每一步都走得那么沉重。

　　拿着太平间的粉色单子，我又进到爸爸躺着的地方。有十五分钟，我一个字儿都说不出来，我就只能看着他，默默流泪，整个人一抽儿一抽儿地。还是守着那里的工作人员跟我说，别一直哭，对身体不好，有什么想说的可以跟他说说，我才开始说话。本来我是想说让他安心的，结果一张嘴全是埋怨。我问他，到底怎么搞的，怎么现在想见你就只能拿着张纸来见你了，怎么不等等我，怎么忍心抛下老丁，怎么舍得让我没爸爸。我问他，以前我回家都是你跑去接我，给我准备一堆水果和好吃的，然后牵着我的手回家的，现在我们隔着这玻璃，连手都碰不着了，那么谁来牵着我的手走以后的路呢？我问他，说好的等我回家给我做炸酱面吃，现在我回家了，你怎么躺在这儿呢？这么冷的地方，我连你的一丁点儿温度都感觉不到。我问他，我一时半会儿还回不来，之前是你每天提醒老丁出门儿带这带那的，现在你"跑"了，谁来提醒她呢，你怎么舍得呢，怎么舍得让你宠坏的老丁自己过呢。我问他，不是还有半年就退休了吗，不是连办退休证儿的材料儿都准备好了吗，不是把退休生活都跟老丁计划好了吗，怎么你就这么着急呢，之前的准备都白费了。我难受，看着眼前躺着的人，闭着眼，盖着黄色的被子，一切都是那么不一样。躺着的老马

看起来小小的、瘦瘦的，没有一丝生气。我再也不能
叫他起床喝水，不能喊他给我做饭，不能缠着他给我
买冰棍儿，这人就躺在我面前，但我什么都做不了。
无奈。我心里有太多想和他一起做的事，我们曾经都
以为日子还长，但是都做不到了。老马头儿没有等到
我毕业回来挣钱孝敬他，老马头儿没有等到退休然后
开始游山玩水的好日子，老马头儿，没了。

4. 第三天

第三天，一早起床，遗体告别，火化，把老马头
儿的骨灰安置到墓碑下面，和所有来送他最后一程的
他和老丁的亲朋好友们一起吃一顿饭，回家。这一套
下来，累得很，真的。早上五点半起床，早早到医院，
趁还没什么人来，我又得到一点点时间去看老马头儿。
那会儿我才真正感知到，属于我们的时间真的一分一
秒都是倒计时，陪伴是谈不上了，只是看一眼多一眼。
所以我总在抢时间，只要我视线范围内有他，我就一

直盯着他看，一直盯着他看，恨不得要把他盯穿了。但是他跟之前长得不一样了，看起来甚至有些陌生。

五点五十，遗体告别仪式开始做准备，工作人员给老马头儿化了妆，他以很安详的模样躺在厅的中间，背后的 LED 屏上滚动地放着他的照片儿，有姑姑找到的也有我和老丁前几天翻出来的。六点仪式开始的时间快到了，乌泱乌泱地来了好多人。我很感动，也很震惊，亲人、朋友、同事，站满了走廊。可是人来得越多，我心里越难受。因为在我的印象里，爸爸不该躺在那里，他应该是满场跑着跟大家打招呼握手的那个人，那个全场社交能力最强，最能说话的人。如今他一动不动地躺在那儿，所有的人都是来看他的，所有人都很难过。我的眼泪时不时地流，而老丁已经被同事包围了。那天我抱到的人，都把我抱得很紧，我也努力把他们抱得很紧，仰着头争取哭的时候不把眼泪蹭到他们身上，虽然我也知道他们顾不上这些。很多人看完老马头儿走到我们家属身边，握手的时候跟我说我要坚强，要照顾好妈妈，我都点头说好。可我偷偷在心里跟老头儿说，我说都怪你，现在没人拿我当小姑娘看了。全世界的人都问我什么时候谈恋爱，就你不着急，就你跟我说，你别嫁人了，一辈子跟我和你妈过吧，可是你"跑"了，现在大家都让我找对象结婚。我委屈，明明世界上最爱我的男人刚走，他们怎么说得出口呢。

大概半个小时后，遗体告别的仪式基本上结束了，最后送老头儿的遗体上灵车之前，需要我妈抱着遗像站在灵车前头，而我要对着遗像摔一个特制的碗，然后跪下一边喊爸爸一路走好一边磕头，其他人都在灵车后面。那一刻只有我们娘儿俩面对面，车前头的空气仿佛都要凝滞了。打从我站在老丁对面儿开始，她哭了。不是十几分钟前遗体告别仪式里的那种呜咽，而是，号啕大哭。那一刻我觉得我看到的不是老丁，不是坚强乐观雷厉风行的我们老丁，就只是一个失去了结婚33年的爱人的、失去了世上最宠她的男人的、失去了她最知心的朋友的妇女，她哭得像个孩子，而她哭的样子深深扎在了我心里。我抱着遗像坐上灵车，而老丁不能跟我一起，因为只有血亲才能跟着灵车。坐在车里，我的眼泪一直往下淌，我一边想着我们老头儿，一边想着老丁不能跟着她的爱人走这段路会是多么难过。这是她一直嘴上嫌弃但是心里牵挂着的人，这是她想吃什么就尽自己一切努力给她做出来的人，这是能搞定她生活上一切杂事儿难事儿的人，这是她的爱人，她孩子的爸爸，一切的一切都刻在她生活里，刻在她的心里。我不知道这份儿悲痛在老丁心里究竟有多大，我也不敢去猜。我只能暗自发誓我要尽我所能让老丁不再那么伤心。

到了火葬场，我见到了更多人，有老家来的，有老马头儿单位的同事、上司，有刚才参加完遗体告别一起过来的亲人，也有老丁单位的同事和朋友。很多人我都没见过，或者小时候见过但很多年没见已经没什么印象了。遗体运进了火葬大厅，我抱着遗像站在老马旁边，很多人走到我面前去看他的遗像，以此来确认没有找错地方，而我就一直盯着盖着布的棺材。后来据老丁说，有人跟她说让我注意休息，因为在那看到我觉得我状态不好。其实我那会儿只是不知道该干什么，我也不知道该看哪儿，我脑子很空，什么都是第一次。我一步都没挪窝儿，就站在老马边上，因为我深知那是他在我身边最后的时间了。哪怕看不见脸，一会儿送到火化炉里我就真的和他天人永隔了。那时候我甚至有点理解了，为什么有人会把去世的亲人或爱人的遗体留在自己身边不送走。我知道了，真的舍不得，也害怕送走了就真的是分开了，更何况心里头满满都是爱和留恋。盖着棺材的布上面写着一世英明，我心想，我们老头儿才不是呢，而且我心里相信他不仅能听得到我的话，或许还会跟我开个玩笑。火化前大家最后绕着老马头儿转了一圈儿，那一刻我才真正感受到，我下一秒就要没爸爸了。

实际上，看到火化完的我们老头儿，出来的骨头白白的，没有多少。人群里有个声音说，骨头真干净，一看生前就没得病没吃药，要是一直吃药烧完骨头是黑色的。我心想，这也算得上是一点点慰藉了。负责人让我去收头骨，我拿着夹子，把头骨夹进骨灰盒里，然后所有板子上的骨灰再由他们扫好装进骨灰盒里。太难了。我一开始夹第一块的时候力气没把握好，工作人员还小声提醒我稍微小点劲儿夹。讲道理动作上我没有什么做不好的，但是心理上每个动作对我而言都太难了。说是冲击也好，说是难过也对，总之当时一切都过去得很茫然。

把老头儿的骨灰盒儿安置到墓地之后，我和妈妈一起摆好了我们买来的他生前爱吃的东西，然后大家伙儿轮流到他面前鞠躬说话。姑姑们跟他说让他放心，他的同事们给他撒酒点烟，亲戚们哭着惋惜他走得早。没想到最后大家连走带说都走完了差不多用了快四十分钟。不知道老头儿有没有看到这些人，抽到那些烟，喝到那些酒，吃到我特意给他买来摆好的他爱吃的江米条儿、蜜三刀儿、猪头肉、自来红和稻香村今年新出的带着他本命年的小老鼠的莲蓉饼儿。希望他都尝到了，老丁也不爱吃这些，以后我不知道还能给谁买了，也不知道想给他买的时候该怎么办了，只怕是要平添伤怀。

中午大家一起吃饭，我拉着老丁说了感谢词。其实前一天老丁跟我说我要讲感谢词的时候我有点儿慌，不知道当着那么多长辈亲朋应该说些什么。洗澡的过程中我想来想去，最后还是决定按我们老头儿最喜欢的轻快风格讲一讲，简简单单的。到了饭馆儿我找服务员要了个话筒，服务员都是朝鲜人，还有点儿听不懂中文，换了三个人才要到了一支话筒，不过结束了老丁还夸我要话筒这事儿干得挺机灵。终于，站在了这么多人面前，我开始讲了，我说："感谢各位长辈亲戚朋友百忙之中还来送我爸爸最后一程，我和我妈妈真心感谢大家（鞠躬）。我们老头儿走得很突然，但是今天还是有这么多人能到场，他知道了一定特别高兴。接下来希望大家吃好喝好，因为他如果在肯定也是这句。再次感谢大家。"然后老丁发了言，两位姑姑也表达了谢意。我们坐下没吃几口菜，就去各个桌子表达谢意了，以茶代酒。老丁跟每桌儿都很熟，所以去到每桌儿她都很有感情地说了一些话，有时候眼泪汪汪儿，有的时候含着微笑。我看着这样儿的老丁很心疼，关于未来，关于我暂时还不能在她身边的这段未来，我很担心也很期待。我担心她会适应不了，我担心她会不知道怎么去面对没有老头儿陪她的周末，我担心她回到家看到冷锅冷灶会难过，我担心没有老头儿给她做好吃的、买好吃的她自己吃东西就营养不均衡了，因为她不太会做肉菜。但是我也期待，我期待她能找到新的生活乐趣来填补老头儿的空缺，我期待她慢慢儿学会每天早上出门儿的时候把东西都带全，我期待她以后遇到急事没有老头儿让她安心的时候不会再慌慌忙忙地不知所措。我知道我们老丁是个很优秀的工作者，但是她生活中真的被老马宠坏了，我会跟她一起再成长一波儿。

后来下午回到家老丁跟我说，她在火化场那里被同事从两边儿一架，脚都快不沾地了，说完我们都笑开了。那天真的从来的人身上感受到了各种温暖。晚上我和老丁回家收拾屋子，走到楼门口儿，老丁说有老马头儿一个快递让我找一下。我们拆开一看，一箱酒。我和老丁哭笑不得，说他喝酒说了一辈子了，临走还给自己买了箱酒。他抠门儿，不舍得买贵的，这还是网上买的便宜的。据老丁说，他买的时候别提多高兴了，因为这是他好不容易学会用微信买点儿东西之后自己买的第一个东西，但很可惜没赶上喝。这箱酒一开始我们也不知道怎么办，还想过送给老头儿的朋友，但是后来我一想，既然是老头儿给自己买来喝的酒，干脆就给他摆好了，放个杯子在他遗像前头，蒸发了就续上，让他什么时候回家了都看见自己买来的酒在他喝酒的桌儿上摆着，让他什么时候回家都能闻见最喜欢的酒香味儿。一直到现在老丁也还在照看着他的小酒杯。

5. 之后的十天

日子在收拾东西和为老马跑手续中过得飞快。到了头七，我们和两位姑姑及姑父一起到交叉路口儿的路边儿去给老头儿烧纸。我们一边儿烧纸一边儿跟老马碎碎念着我们的嘱咐和祝福，比如，在那边多交点儿朋友啊，别省钱给自己都买最好的东西啊，酒还是少喝啊，有空儿了记得回家看看啊之类的。火苗儿带去了我们的祝福，也抚慰了我们的心。

其间我给老丁做了顿饭，冬瓜粉丝丸子汤和西红柿炒鸡蛋。这些天因为总有亲朋好友会到宾馆去找老丁，我们不方便在家做饭吃，所以总在门口儿的兰州拉面馆儿吃饭，当然主要是吃面。但是一晃儿也吃了小半个月了，我就想着一定要给老丁做顿她爱吃的家常菜。冬瓜丸子粉丝汤是我们一家子都很爱吃的菜，我出国念书期间自己学会做了，还参考了以前观看老马做这道菜的样子，照葫芦画瓢，最后竟然做得挺好吃。这是我在家第一次做这个菜，很后悔没有来得及给老马也做一次。总之是味道也很好，老丁吃得也很好，我们看着电视吃着饭，就像老马还在的时候那样儿。但是家里少了个人说话，感觉耳边儿空落落的。

有一天，老丁以前的同事，也是她的老朋友来看她。这位阿姨的丈夫前几年离世了，很突然，也给这位阿姨留下了创伤和空虚。那天老丁讲起自己在老马不在的家里第一次遇到了停电，她之前没有管过交电费的事儿，压根儿也不知道该干什么才能有电。这件事儿当晚打破了她表面上的坚强堡垒，她自己在空落落黑漆漆的家里，被空虚和悲伤淹没，大哭了一场，然后给姑姑打电话求助。我能理解这种不知名的小事儿能带来多么强大的打击，但是我想象不到那是怎样的悲痛，我只知道她跟这阿姨说着说着就哭了，而这位阿姨因为经历过类似的事情也感同身受。看着她们聊天我又感受到了一丝无力感，因为我知道这些话老丁不会跟我讲，虽然我回来她会心里安定一些，但这样的朋友之间的谈心帮助之大是不可估量的。我打心底里对所有来看我们母女的人表示特别的感谢，是大家给了我们莫大的帮助和希望，因此我们才能从这样巨大的伤痛中恢复过来。

后来有一天我和老丁一起见了我联系最密切的一位的朋友，我们一起去探店吃了好吃的餐厅，逛了屈臣氏买了一些我要带走的东西，最后我们还照了合影。从我回国到我离开，我们一直保持着联系，她发来的消息内容说来也没有什么特别，几乎都是关心我有没有好好儿吃饭睡觉，但是反而就是这样的消息才更窝心，我心里因为她始终有股暖流儿。我的朋友，在这里也向你表达我心底最诚挚的谢意。

慢慢地，家人们见了面也不再那么沉默了，大家都逐渐恢复了生气。给老头儿烧了第二次纸之后我就走了，赶着开学去上课了。临走的时候我还带上了几张用来给老马制作遗像的黑白证件照。然后就是带着我的行李再次去往机场，所以老马离开这段时间的故事到这里就告一段落了。

6. 后劲儿

悲伤这个东西，从不在人多的时候找上门，它都是趁着夜深人静，我耳边儿只有自己的呼吸声的时候来找我。一下儿飞到了大洋彼岸，离开了有着老马痕迹的家和北京，避免了不少触景生情。虽说跟朋友在一起的时候我可以很自然地说起我们老头儿不在了这件事，不会哭，不会突然自闭，一切看起来都很好。但是在只有我自己的夜晚，不仅仅夜晚，甚至是自己独自在安静的环境里的时候，悲伤就特别巨大，像是空气把我包围。开始写这些字就是因为我时常感受到这样大的悲伤。我悲伤，所以我想要记录下我的悲伤，我悲伤，所以我想通过写下这些字让我的悲伤稍微淡化一点。我已经掉了太多眼泪，我不想再哭下去了，文字是我好不容易抓到的救命稻草。

以前我们老头儿在的时候，我不会像现在这样频繁地想起他。不会像现在这样，看到阳光会想我们老头儿是不是也在哪儿看着这样的阳光，看到自行车，会想我们老头儿去了那边儿有没有找辆自行车像我小时候那样骑车锻炼身体，看到好吃的，会想我们老头儿有没有吃到好吃的，看到小狗会想我们老头儿说他退休要养条狗来着，看到天空会想我们老头儿有没有可能现在正跟我在一起看着这片天空。上学放学，出门回家，每天我会在很多不经意的时候想到我们老头儿，也会固定性地在晚上临睡前想起他。随着这些想法产生的另一个想法是，一定要好好珍惜身边的人。生活里的变数太多，而一旦遇到这种打击性极强的变数，我知道自己真的有可能承受不住。

有时候上一秒还跟朋友说着话，下一秒我就发着呆想着我老爸。有一天晚上，我在学校的湖边儿散心，看着夜空里的星星，我的眼泪突然就刹不住车了，就像自己去太平间看他那天一样。爸爸去世后我祈愿他变成夜空中的一颗星，远远地守护着我，我也能时常抬头看他。看着天空中的星星，我想他的心就变得大一点。

　　最初我完全沉浸在失去爸爸的悲痛里，不管我在哪儿在干什么，想到老头儿了就特别难受，就一定要哭出来，哪怕是默默流泪。如果是在外面，我想爸爸想到想哭了，一方面我会有点儿顾忌别人的眼光，觉得街上的人会不会觉得我有毛病，但是心里又实在难

过得不行，有个声音在跟我说，我都没爸爸了还不能哭哭嘛。就在这样儿的矛盾里，流着泪，别扭着。说实话，这样的心理是有点儿病态的。但是眼泪是真的忍不住的，因为难过堆了太多了，已经要溢出来了。而且除了哭，我找不到别的渠道去驱散那种难过。

但是慢慢地我也意识到我的感情在发生着变化，从一开始单纯的悲伤，非常悲伤，悲伤到想到就会想流眼泪，到现在我的悲伤中还夹杂着一些希望。我会想，我的爸爸，我的老马头儿，会在天空中自由自在地看着我的生活，会无忧无虑地快乐地过着自己的日子，会带着对我的爱继续保护着我。他刚走的那段时间我特喜欢提起他，就觉得只要我老是提起他，把跟他有关系的话都说完了，我就不会难受了。但事实不是这样的，关于他的话怎么说也说不完，再怎么想也都会难受。最后还是要依靠时间，让时间帮我抹淡伤痛。我其实不是一个不跟朋友们或者家人说自己伤心处的人，现在爸爸仿佛成了我的树洞，如果我有伤心的地方，我就自己悄咪咪地跟爸爸说。我想，他都能懂的，以他对我的了解，听完我的话，他会握着我的手安慰我说一切都没事儿，这样一想我心里总会莫名感到宽慰。

老马头儿的离开留给我和老丁很多未知的挑战。比如说本来他和老丁计划好了之后要每个周末都去北京的郊区玩儿，去农家院儿吃大锅儿饭，两个人开着车，慢慢悠悠地玩着，高高兴兴地消磨时光。我也有劝老丁再找些新的娱乐方式，但我也理解这并不简单，举个例子，如果我心里难过就喜欢看电视剧，而如果突然被告知难过了什么剧都不能看，我大概真的会崩溃。现在我看到老丁周末跟着朋友去采摘、去健身，或者在家单纯地休息，我都打心底为她感到高兴，也以她为傲。

找到写下这些文字的方法作为我对老马的怀念，是我近阶段找到的能淡化我的悲伤的最成功的方法。每天写一点点，每天想他一点点，每天向前看一点点，会有一种慢慢变化的感受在心底滋生。我想，未来，很久，应该是只要我还有意识的时间里，老马都会这样，时不时地出现在我的视线里，我的脑子里，带着他的幽默、笑容和对我的爱，守护着我。

第二章　老马其人

1. 爱 好

　　我们老头儿有三大主要爱好：抽烟、喝酒，不是烫头，是盘核桃。从我记事儿开始，我就记得我爸老抽烟喝酒。之前跟我妈收拾东西的时候发现了一张我三年级的时候给老马头儿写的生日贺卡，里面赫然写着（大意）：爸爸，如果你还这样抽烟喝酒我以后就再也不给你送生日贺卡了。但要是你能改，我就还继续给你送。我和老丁一方面儿觉得很好笑，觉得一个三年级的小孩儿真能琢磨，另一方面我们也有点儿伤感，因为如果老马早早这样做了，他的身体可能就不会难受而不自知，可能就不会这么早离开我们。

　　顺着老头儿过生日的思路仔细想想，似乎每年我问他想要什么礼物，一开始他都说不要礼物了，有我妈和我在就很好了，然后最终落实到实际物质上就是烟和酒。我很倔，一次也没给他买过，因为我想要我的爸爸健康，我们一家人一直快乐地生活，因此连带着我就很讨厌每年过节时候大家送给他的烟和酒。老马头儿虽然抽烟一直没断过，但是后来为了避免我和老丁吸二手烟，他都会出门抽。出门增加了抽烟的成本，因此他抽烟的频率也随之下降。

我稍微长大了点儿之后，大概也就是四年级开始吧，只要我们老头儿喝酒，我就像个老妈子似的念叨他，有的时候我甚至还找我奶奶告状，不过奶奶的话也是有时候能管事儿有时候说不听。我这一念叨就到他离开，可以说念叨了十五年了。这十五年里，我不停地试图阻止他喝酒抽烟加上说脏话，各种各样的招儿我都试了。举个例子，曾经我们家有个小黑板，我们在那上面列了个表格，只要有人抽烟说脏话了，我就在表上记一笔，累积多了就罚干活儿。虽然主要被记的都是我爸，但是这方法没有什么效果。之后我又换了一招儿，换成我们家三口子按手印儿约法三章。

抽烟和说脏话的人必须往饼干罐子里扔一块钱。不得不说，扔钱确实比干活儿好使，不过这个法子坚持了大概几个月最后还是以失败告终了。

　　我们家人其实心里都明白，老马头儿这么早就走了这个事儿和他喝酒这个习惯有着密不可分的联系。我小学的时候他爱喝啤酒，累了或者休息就来一瓶儿，绿瓶子大燕京。在我小学对酒这个东西还没什么明确认知的时候就知道，我爸爱喝啤酒，爱喝燕京但不爱喝纯生。后来我念高中了，他对酒逐渐产生了依赖，从啤酒换成了白酒，而且喝的量也有所增加。我念大学的时候有一个暑假回家发现，我们老头儿从早上睡醒了就开始喝酒，早餐喝，午餐喝，晚餐还喝，只喝白酒，喝得最多的时候一天能喝一瓶儿，这还是在家里没人陪他喝的情况下。因为担心他的健康出状况，每次我看到他喝酒都要管他，有时候把他的酒瓶子藏起来，有的时候劝他就喝一杯，有时候真着急了还往马桶里倒过白酒。我天天管他这酒，我们俩也就经常因为这个事情拌嘴。他总说，他活了这么多年了，就这么一个爱好，叫我别剥夺他的快乐。其实我心里当然是希望我的爸爸每天开开心心的，但是如果他的开心这么伤身体，我就希望哪怕他没有那么开心，最起码也要把健康保持住。

除了喝酒能让老马高兴，他拿着自己盘的核桃向我和老丁炫耀的时候也很高兴。盘核桃是很多人琐碎生活中的罗曼时刻，有些人以盘核桃为自己的事业，这里面很有学问。在我爸盘核桃之前，我对这学问一无所知。后来他往家拿了两对儿核桃，一对儿是狮子头，另一对儿他也说了名字但我实在记不得了。但凡他得空儿就手里攥着一对儿小核桃在那儿盘，他说，这核桃就得拿手上的油慢慢儿盘，最后就能盘得油亮儿油亮儿的，漂亮得很。收拾他遗物的时候我看见了那对儿他常盘的核桃，已经油亮儿油亮儿的了，特漂亮。我和老丁把这个也放进了小箱子里一并给他烧去了，希望他在那边儿也能继续他的爱好。

乒乓球是老马这几年才重新捡起来的爱好。我本科快毕业的时候，老马头儿迷上了打乒乓球。我和老丁都特别为他开心，一是因为他找到了新的锻炼身体的方式。二是只要跟打球的朋友约好了，他还会少喝点酒，因为担心喝多了没法剧烈运动。每天出出汗，也认识一些新朋友，既锻炼了身体又开拓了社交圈儿，老马打乒乓球得到了我和老丁的大力支持。

不过提到运动，我家其实有个传统体育项目，遛弯儿。老马和老丁一直信奉着一句话，饭后走一走活到九十九。而这二老把这句话切切实实地融入了生活。因为我是在他俩三十五岁的时候出生的，属于晚生的娃，到我初中时期特别喜欢打羽毛球的时候，老马和老丁由于腰椎或者腿脚不太好就不能和我一起玩儿了。因为对这点感到非常遗憾，他俩就开发了我家的遛弯儿项目。晚饭之后，我们会绕着附近的街道或者建筑群走一走，这个过程当中我们会聊天，谈一谈未来，设想一下下个周末的娱乐活动。人员的搭配也不太固定，有时候是我自个儿去，有时候是我跟老马或者老丁，当然我们有时候也会三个人一起遛弯儿，一家人扯扯闲话聊聊八卦也很开心。围着家旁边的大学走上一圈，教学楼体育场连带着周边的商圈，随便进一家店看看，观察观察家附近的小变化，遛弯儿总是很有趣。

2. 骑车

　　虽然对偷我三辆自行车的人都心怀怨念，每次车被偷了之后我也都指天暗自下定决心不再买自行车了，但对骑自行车这件事儿本身我还是充满爱意的。骑车的时候会有阳光，有微风，有自由，哪怕偶尔赶上暴雨倾盆，心里总是吹着一股子自由的风，仿佛骑着车的自己就是自由本身。再加上有和爸爸以及其他家人有关的骑车的美好经历，我想，不管我年龄几何，骑车于我都会是美好的代名词之一。

　　直到我上高中前，我们老头儿几乎一直都是骑车出行的，妥妥儿的环保主义者。上小学的时候，我住宿，在中关村，而我家住上地（北京五环上的一个点），我每周最盼望的时间就是周五下午我老爸骑着自行车来接我。有好多同学的家长开车来接他们，但我一点儿都不羡慕。我和爸爸每周都走我们的秘密通道，虽然夏天热冬天冷，但是和爸爸一起，每次走都是开心无比。从中关村，到东升乡，到北七家，再到清河，最后到上地，我们的家自行车道总是畅通无阻的。春天我们裹紧大衣睁大眼睛看街上哪儿有花儿开，夏天我们从小卖部儿买了冰棍儿边吃边走，秋天我们沿着铁道揪几根儿狗尾巴草编草花儿，冬天我们裹得严严实实，上身都快动不了了，只剩一张嘴往外冒着热气儿说着话。

大概得有十年了，我们老头儿一到夏天就会跟我说："你还记得吗？你小时候我骑车带你去上英语班儿，天儿特热，你跟我说，爸爸烤腿。但是咱们都坚持过来了。"而每次我听到他说这个，我就自动反应："记得记得，这些年说了多少回了。"现在想想，那会儿我们老头儿总是骑车带着我在五环到三环之间穿梭，夏天晒得不行，冬天冻手冻脚，骑车一趟车起步儿就得一个小时，后头还带着我这么个大包袱，着实辛苦我们老马头儿了，在这里对我的父亲表示诚挚的感谢。有一回老马头儿骑车带我去上课外班儿，大夏

天的一个下午，太阳巨大，暑热蒸人，我人生第一次
也是唯一一次亲眼目睹了车的自燃。那是一辆银白色
的面包车，在当时的北京已经属于半淘汰的车辆类型
了。在联想桥的桥洞儿等待左转的时候，这辆车自燃
了。我当时惊呆了，我们老头儿也移不开眼睛。要不
是我那会儿上课快迟到了，估计我俩能在那儿待到消
防队把这车弄走。上课期间这个事儿一直挂在我脑子
里，回了家我赶紧追问老马后来怎么样了，他说他在
那儿一直看到消防队把火灭了，最后整个儿车烧得就
剩一架子了，然后来人把一堆废铁清理走了，一个多
小时之后交通才恢复正常。我转念一想，那么热的天
儿，我们老头儿儿为了看热闹竟然在那儿待了一个多
小时，爱看热闹是真的了。

　　后来我小学五六年级了，力气大了，有一年过年
回老家拜年的时候学会了骑三轮儿车。之后从老家回
了家我就吵着要爸妈给我买三轮儿车。不知道费了多
少口舌，也不知道他们到底是怎么就同意了，我家竟
然买了一辆电动三轮儿车。我当时爱死这个三轮儿车
了，蓝色的车身，座椅宽度够坐下老马老丁两个人（当

● 老马其人

时他们还都比如今瘦一些），座椅位置还有靠背儿都有皮质的垫子，也算是"真皮座椅"了。不仅如此，这个座椅底下其实有个斗儿，能放不少东西，所以出去买点啥也不怕没地方放。因为有了这车，周末我就总嚷着要带着老马和老丁出去玩，我骑这个三轮儿载他们两个。别说，他们一直就不看好我能骑三轮儿带动他俩，后来我还就是做到了！我骑车带他们去附近的商场，跑到远一点的公园，别提多美了。其实我也不是特别向往骑车到达的目的地，我只是完全沉浸在骑车带着老爸老妈的快乐里。而他们也很享受被我载着出去玩，一举多得。

之后上了初中我就开始骑自行车上下学了。周末如果不去远的地方儿，我经常和老马一起骑车出门儿。那段时光简直太美好了，我们一起去逛批发市场，去百货店，去小公园儿，甚至还一起骑车到过中关村，那几乎就是两个小时的自行车训练了。但我们都很喜欢一起骑车的日子，阳光、微风，城市和自然，还有我和老马，一切都是美好的。我很理解他这两年觉得骑车有点儿累，坐公交也没什么不好，我只是很舍不得我们那些美好的日子。

我妈在我初中快毕业的时候学会了开车，其实很不容易，毕竟年过不惑好几年了，记忆力确实有所下降。最后老丁能拿到这个驾照，军功章有她自己的一半儿也有老马的一半儿。科目一是老丁的难关，因为都是死记硬背的东西。为了帮老丁一次通过科目一，老马几乎每天都拿着题库给老丁做抽测。早上起床了逮着机会就问几个，下班到家吃过晚饭插空儿地问几个，然后临睡前还有一次集中测试。这样过了得有半个月，考题的答案老马记得比老丁记得清楚多了。但即使老丁天天被嫌弃背得不好，最后真去考科目一的时候还是一次就过了，97 分的高分。那天她考过了之后特别高兴，考完就给老马头儿打了电话，晚上我们家为庆祝老丁顺利考过科目一还吃了顿好的。然后自从老丁拿到了车本儿，老马头儿就几乎再也没骑过车了。从我的角度讲，我还是觉得挺失落的，毕竟骑车是我和老马的快乐时光。而且确实他不骑车了之后身体素质逐渐变弱了，所以有能骑车的时候我都鼓励他多骑车出行。

3. 养宠物

我家养过猫、仓鼠、金鱼、热带鱼还有小鸡崽儿。我小时候爸妈两个人都极度反对我养宠物，甚至一度放出狂言，在养我和养宠物之间我只能选择一个。虽然每次我都灰溜溜儿地选择了养我，但是其实他们还是几次三番儿抱了宠物回家让我体验养宠物的感觉。小时候我没发觉，长大了慢慢明白过来了其实爸爸妈妈还是很宠我的，每次领悟到他们对我的爱，我心里对他们的爱就默默增加。

养仓鼠的故事特别短暂，我印象很深刻，大概也就二十天不到，我的小仓就离开了我。其实养仓鼠的过程我已经记不得了，是读初中时候的事。但是失去仓鼠的悲伤却深深留在了我心里。仓鼠死的那天我记得我哭了好一会儿，后来我们老头儿跟我说，知道难受了吧，下回别养了。年幼的我心里想，这老头儿竟然在我这么伤心的时候耍帅，真要命，以后不哭了，白让他看笑话。

猫和鱼类是在我家养的时间最长的。猫的故事很传奇。也是我读初中的时候，这猫具体是怎么来我家的我已经忘了，好像是在我们小区转悠的流浪猫吧。我们老给她喂火腿肠吃，久而久之她好像就住下来了。这是一只纯白色的母猫，什么品种儿无从得知。她的名字叫咪咪，至少我家是这样叫她的。我们在家给她洗澡，给她喂食，训练她不乱挠人，一起度过了一段儿幸福的时间。我记忆里的咪咪，会在我的书桌儿上趴着一动不动地"监督"我做作业，会在阳台不停挠门只为搏关注，会在闻到火腿肠儿香气的第一时间凑到拿着火腿肠儿的人面前，还会在老马怀里窝着发懒。她不会说话，我们也没法儿问她觉得我们家对她的照顾她满不满意，我只能说我们家人都是爱她的。可惜的是，这猫的心到底还是野的，她跑了。虽然还是在我家这个小区，但是满小区乱窜。过了几年，小区里多了十多只猫，据说都是她生的。去年我跟老马头儿讨论养宠物的话题的时候，他还特别提到，以后绝对养狗不养猫，看样子心里还是记着仇呢。

鱼，小的大的热带的各种各样的鱼，都是我们老头儿爱养的。买一批养一批，养死了再买下一批，金鱼、热带小鱼儿，甚至有时候菜市场买来的鲫鱼他还扔到鱼缸里养上几天。这次我回家收拾他遗物的时候惊奇地发现，我家的鱼缸里有六只半透明的小虾。一开始我都没看出来，还以为是水脏了。我问老丁怎么还有六只虾啊，半透明的。老丁说这是老马头儿上次说给她炸小虾吃的时候买回家的，洗的时候顺手扔了一把在鱼缸里养着玩儿。我心想，这都行，居然这些虾还能活着，不愧是我们老马头儿。

养狗，好像一直是老马未完成的一个愿望。从我小时候他就老说，哎呀要是养只狗就好啦。每每这种时候，我总是附和他，说快养吧爸爸，我也帮忙，一定能养好的。但是每每我们这样说之后老丁就会在一旁说，拉倒吧，你俩养不成，多麻烦哪，养你一个就够受的了。然后老马就会像个墙头草似的去附和老丁，分析自己脾气不太好又喝酒，可能是照顾不好小狗儿。最后就只有我，坚定的养狗党，独自叹息，再可爱的狗狗也比不过人家老夫老妻的情谊啊。

4. 种菜

　　田园生活在我家老马的努力下在我家也短暂地实现过。那是我小学的时候，我家住在一层，有个小院儿，是我们家城市农耕的圣地，也是咪咪来到我家和离开我家的地方。几年间，我们种过小西红柿、香菜、香水儿月季、石榴树、香椿树、小萝卜儿、香葱和蒜，等等，大部分都是吃的，而且几乎都是老马头儿自己种的。我和老丁都属于心血来潮了就

帮忙浇水的类型，种植和施肥我们一概不会，可能
我和老丁在这农耕生活里对老马最有帮助的地方，
就是我们每次吃到种出来的东西都点着头鼓着掌夸
东西好吃还夸他种得好。

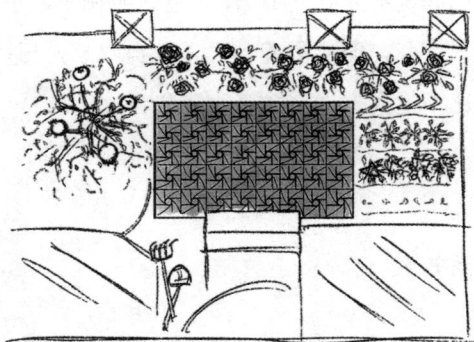

　　其实这个所谓的小院儿并不是一个农耕的绝佳
地点。为了开发这个小院，老马先做了松土的工程，
结果用铁锹挖了没几尺就发现底下是有石板的，也
就是，土底下是有尽头的，这就意味着养分可能没
那么充分。不过当时也没想着在家种多么宏伟的东

西，也就放过这点了。为了给中间留出我们一家夏天在外用餐的区域，老马就在这矩形的小院儿中间铺了一块儿矩形的石板地。砖都是老马头儿自己一块儿一块儿铺上去的，我一开始觉得很神奇，问他怎么连铺砖都会，结果他说他年轻时候还自己垒过砖房儿呢，没什么不会的。那一刻我对他的敬仰又悄咪咪地增加了一分。

先把小院儿打造出了一个基础模样，我们开始研究到底要在院子里种些什么。因为左侧是老马和老丁的卧室，老马就想种一个他们在屋儿里能看见的植物。最后选来选去，定下了石榴。经过每年辛勤地照料，我们过上了年年吃自己种的石榴的日子。一茬儿石榴过去了，树会变得光秃秃的，然后慢慢积攒能量，冬天也挂挂白雪成就一番美景，春来了就发发嫩芽儿，嫩芽儿长大就开出橘黄色的花儿来，花儿再慢慢变成果实。就这样一年一年长着，这棵石榴树从一开始跟棵葱差不多高长到了二层楼的高度，老马头儿每年的修剪也开始渐渐费力，后来甚至还借了梯子来修剪树枝。

● 老马其人

　　小院儿的中部，也就是小的矩形砖地侧面还有一小排地方，我们种了花儿。我觉得我奶奶随便弄个花枝儿就能养出花儿的能力都传给了他。老马很喜欢自己养花。不光在地里种了月季，还在家里养着君子兰和蝴蝶兰。地里的月季是我跟他去花鸟鱼虫市场的时候买的，他对着一堆种子挑了半天，最后选了白月季、红月季和香水儿月季。刨坑，撒种，填坑，浇水，施肥，看着月季从地里冒出头来，越长越高，枝干越长越壮实，老马心里别提多高兴了。天儿热了，花儿也开了，白的红的还有香的，乖乖地站成一排，无论什么时候它们都能让看见的人心情大好。有时候我们在家说话不对付了，就跑到小院儿里缓缓气儿，看一看花儿，闻一闻花儿香，一切也就没什么大不了的了。看着花儿慢慢绽放再凋谢的过程很有禅意。可能今天冒了花骨朵儿，下周出了花瓣儿，直到花儿都开满了，美得不可方物，最后花瓣儿在时间和风雨的催化下凋谢。一朵花儿如是，世间人事物也如是，自然总是引人深思。

　　右侧就是菜园子了。规整的小垄儿，都是我们

自己垒的。一垄种香菜，一垄种小萝卜，来年儿又
换成了小西红柿和蒜，每年都换一换吃的，也别有
一番趣味。到了夏天拌凉菜的时候，厨房那边传来
的声音大多是，"快去，去地里拔棵葱去"或者"蒜
没了，快去小院儿掐一把来"。要不就是突然兴起，
老马头儿自己去拔了一把小萝卜，进屋儿了跟我和
老丁说："来咯，新鲜的小萝卜儿拌个凉菜吃吃。"
有自家种的菜吃的日子每天都是好日子，跟老马和
老丁一起吃饭的日子也每天都是好日子。

5. 宠老丁

这一章是我的"嫉妒"之章，因为我们老头儿宠
他媳妇儿简直要给宠到天上去了。虽然我也知道我爸
爸妈妈都很爱我，但是我从小就"嫉妒"爸爸爱妈妈。
简单举个例子，我们家三个人一起从停车场回家，人
家俩人儿直接就走了，何况还是我开的车，简直拿我
当空气。

● 老马其人

　　平时差不多到晚上六点，我就等着老马回家做饭。有时候等到七点也不见人，我还得打电话寻人。后来通过观察和总结，我发现一般这种情况下他都是在我家楼下门卫室那儿坐着喝着啤酒等着老丁回家一起上楼。如果他六点一刻就到家了准备做饭，那么直到老丁回家，他恨不得隔十分钟就得给老丁打个电话问她到哪儿了，啥时候到家。要是锅里做的菜不是快手儿菜，他一听老丁快到楼下了，绝对就是安排我在家看着锅自己就下楼迎老丁去了。而且哪怕我们俩已经吃完了一个菜，只要老丁回家，绝对又给加个菜。其实加个菜无可厚非，最让我"嫉妒"的是，我就没这待遇，只有老丁能享受这个待遇。

　　我有时候跟老头儿去遛弯儿，出门前他总要跟老丁讲："丁儿啊在家等着啊，我给你买水果儿去，再买点儿酸奶。"路上他可能会给自己买听儿啤酒喝一喝，我想买的零食他未必给我买，但是给老丁买的东西绝对一样儿都不含糊。甚至有时候看见糖葫芦儿了或者乳酸菌饮料了，就顺手给买了，回了家就笑嘻嘻地向老丁邀功，说："哎你看，今儿我看见这个，这个好，我就给你买了。"老丁就跟着夸他："你真好。"他就能高兴老半天。我经常觉得，就他俩这种生活方式，很容易影响我以后找老公。上哪儿去找这么宠自己的男人呢。最可怕的是，哪怕老马头儿的爱里头的大部分都给了老丁，在那之外他给我的爱也是这个世界上别的男人难以企及的水准。

　　我小时候总觉得爸爸妈妈在吵架，甚至一度觉得我的家庭很不幸福，因为我总听到爸爸妈妈说话的声音很大而且语气很冲。但是慢慢儿我长大了，我就理解了，他们其实并没有在吵架，只是说话声音比较大，而且他们只是处在这种相处模式最舒服，这就是他们相互依赖相互支持的方式。以前我只顾着把他们变成我想象中的"幸福"的父母，但却忽略了他们的感受。长大了我学会了尊重并且融入他们的相处，找到自己的位置，毕竟他们才是世界上相伴时间最长并且心靠得最近的人。

　　虽然喝完酒的老马很爱叨叨，并且是追在老丁屁股后头叨叨，但是总体来讲他还是一个很甜很甜的老头儿。去年（2019）年夏天我回家过暑假，我们一家开车去了山西。在壶口瀑布,我给他和老丁拍照,他俩还甜甜地比着心照了照片,照片里他俩笑得那么灿烂,我爱惨了那张照片。玩儿的过程中也是,我们为了尽量减少带的东西,三个人只背一个包,我们老头儿很少会让我们背包,几乎都是他在背,包里都是些水啊伞啊相机啊,还是挺沉的。以我们老头儿一百三十斤的小身板儿,一直背着那么沉的东西,一天下来肩肯定是不舒服的,但他一次都没叫过累。仔细想想挺对不起他的,但是同时也感受到了他对我们的爱,从一点一滴的小细节里,从对他的怀念和想念里。

　　总的来说,我觉得老马可以称得上是老丁的管家了。老丁的点点滴滴,老马比对自己的事情更要上心。只要是老丁要出门儿,老马在边上,一定是固定台词一大串儿直接脱口而出:"钱包手机钥匙眼镜儿"。即使是这么嘱咐了,有时候老丁还要忘带点儿什么东西。这句话看似没什么,但是日复一日年复一年地说,那都是满满的爱和担忧。

6. 恋家的可靠男人

跟很多北京老爷们儿一样，老马也是个恋家的男人。不管是奶奶家还是我们自己家，他特别喜欢跟家人待在一起。换个角度说，他挺宅的。除了上班，他的行程大概就只有去奶奶家或者在我家楼下跟人家打打乒乓球，又或者跟我们院儿的门卫聊天。和他的朋友们聚餐或者见面儿都是一年里面只有几次的事儿，除此之外，他几乎都在家待着。但凡要是出门玩儿，不用多想肯定首选对象是我妈，再就是跟我和我妈，或者是我们一家跟奶奶姑姑一家一起出去。

我爸下了班除了在我们家就是在我奶奶家了。按我妈的话说，他可能是有点儿"恋母情结"。但是不得不说，老马除了喝酒不听我奶奶话，其他简直太孝顺了。奶奶家水管坏了，油烟机不好用了，他肯定是白天工作之余挂着心，然后买好新的水管或者联系好师傅去奶奶家帮忙修理。奶奶有哪儿不舒服他也是天天念叨，张罗着带奶奶去医院或者安排我和姑姑及时带奶奶去看。虽然没和奶奶住在一起，但是老马几乎每天或者隔几天就会回去报个到吃个晚饭，陪伴奶奶的时间其实也不算少。所以相比之下我总觉得有点自惭形秽，因为我在他们身边儿陪伴的时间算是比较少的，有些时候我也感觉后悔。我会想，会不会我不出国念书我爸就不会走了，是不是我在他身边儿他就能再多跟我待一些日子，是不是当初我听了他的话在国内好好工作，他就能平平安安快快乐乐地退休过上他计划中的美好生活。我埋怨过自己，也感觉很对不起他，但为时已晚。如果要对自己的家人生气，不妨先想想，这个气生得值不值得，如果明天是 ta 生命的最后一天，今天你还会选择这样做吗？

虽然我们老马平常说话总有吹牛的成分，在家还总是喝酒，但是在生活上他是非常可靠的真男人。家里有什么机器坏了，我和老丁从来就没管过。比如我家的空调，不管是坏了呀、旧了呀，还是缺氟了呀，他不一会儿就能确定原因，然后自己动手就给修了或者叫师傅来添氟。再比如，电话里的声音时断时续很奇怪，要是我或者我妈来管这个事儿，大概我们就会叫师傅来家里修，要不就干脆请人家换个电话。但是老马都会自己弄，而且都潜心研究。大概是因为他原来是毛纺厂儿机械工人出身，对这种机械坏了的事儿，老马都特别有钻研的精神。我记得他修电话修过两个小时之久。一开始他怀疑是电话机的问题，就换了一个电话机来试声音，结果发现声音还是不对，就开始寻找到底是哪里的线出了问题。这一找，就是一个多小时，最后终于让他找到了病灶。第二天老马下班回家的时候就带回来了新的线，然后自己钉到了墙缝缝儿上。

现在回想，家里的大门儿坏了，他立刻找来了人给修理，配钥匙也多配了几把，怕自己或者老丁把钥匙弄丢了，心细得很。我屋儿里的空气净化器一直亮着的绿灯儿变黄了，我不知道该怎么办就跟爸爸讲，然后他三两下儿就把滤网给拆下来了。其实就是滤网脏了，之后他拿到卫生间拿淋浴喷头儿和消毒液那么一洗，晾干了再装回去，嘿，黄灯儿就又变绿了。通过这种方式延长了好几次那张滤网的寿命，每回都像变魔术似的，看着贼厉害。每当绿灯再次亮起来的时候，我都对老马头儿投去敬佩的目光，不服不行。

有时候周末我跟老丁安排了按摩或者美容项目，老马就不方便跟我们去了。这种情况下，只要他没在睡觉，隔不了多久就要给我或者老丁打电话的。打电话的内容也没什么其他的，就是问我们什么时候回家。一开始我们出门儿一个小时到三个小时之间问的是你们大概什么时候回家啊，之后三小时到四小时之间就改成你们快回家了吧，再往后四小时之后直到我们到家就只有一个问题了，怎么还不到家啊。有时候我和老丁会觉得有点儿无奈，但是我们都会接起电话耐心跟他讲，毕竟大周末的一个人在家确实会无聊。

去年我家老马第一次坐了飞机，跟他的初中同学们一起去了广州玩儿。我和我妈都特别为他高兴，因为一直以来我们叫他一起坐飞机出去玩儿他从来就不去。后来他回家了我和老丁还逗他，说他就是不想跟我们俩出去玩儿，一说跟同学们去就去了。本以为之后能一家三口儿一起坐飞机出去玩儿，现在却没有实现的可能了。

就像第一章里说过的那样，本来老马都想好了，退休之后要跟老丁一起俩人儿开车在国内自驾游的。走哪儿停哪儿，开开心心地游山玩水，现在也是实现不了的话了。老马跟他自己的朋友和同学出去的时候很少，几乎都是跟我和老丁一起，因为我们虽然会念叨他但是总归是宠着他的，他要喝酒就随他喝，他要看热闹我们就在边儿上等他。而且去郊区开着车就去了，很随意，住上一宿看看山水，晚上吃顿农家饭，然后第二天自然睡醒了之后再开车回家，也不算玩儿顶多算是休息。之前我在国内的时候他俩周末总去，我因为工作就没怎么跟着去，每回他俩从郊区回来都是特兴高采烈的样子，我只要看到他俩高兴自己就很高兴。

说一千道一万，恋家还是因为爱家，爱家人。老马喜欢的事物不多，但家人们永远是他的第一位。这样的男人怎么能不让人信任和依赖呢。

7. 老马老喜欢腻歪人

因为很爱家和家人，老马对家人可以说甚至有点"腻歪"。我小的时候，他见到我家所有小孩儿（跟我同龄或者比我小的），都得拉个手儿或者摸个头，然后逗人家说话。有时候还要跟人家小孩顶脑门儿，但是又因为他长得黑黑的，经常给人家孩子吓得往后缩缩儿。从小我感觉我家里的堂哥堂姐表哥表姐都"深受其害"，过年见到他总是会被"拎来"和我比个儿，或者拉着手"半强制"说话不让走。小时候的我们或多或少会觉得有点烦，但是大家长大了也就理解了他这种表达爱和关心的方式。

这么看下来，比起腻歪，"稍微有点过激的爱情表现"这个表达可能更合适。我提到过老马喝完酒以后话会变多，有话憋着不说肯定难受，可是跟谁说去呢？家里只有我和我妈，我有时候晚上十点才下班，就我妈跟他在家，他就只能跟我妈讲了。但是酒话听多了也是累人，所以老丁练出了一身"充耳不闻"的本事。

　　而且老马一直保持着跟家人的身体接触，比如我们俩一起出门儿，过马路的时候他总是会下意识地牵住我的手，我现在二十多岁了也还是这样。他一直说我的手长得随他，这点儿倒是得到了全家的认证。这也说明他的手在男人的手里算长得秀气的类型，手指纤长，指甲也长得好看（后来干活儿太多指甲有问题了，但瑕不掩瑜）。老马跟我奶奶都有个习惯，就是跟我握手，不光握手，握手完毕还会抓着我的手正面儿反面儿都端详端详，然后感叹一句："可惜了，你看看这手，多好看，没练钢琴太可惜了。"从小到大我一直觉得爸爸的手是双大手，

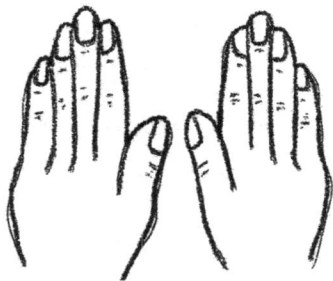

是双很热乎的手，是双无论何时何地都会护我安全的手。

而且我特别喜欢挽着老马或者老丁的胳膊，大夏天出门遛弯儿会因为太热偶尔放弃挎胳膊，不过大多数时候出门儿我都是跟他俩牵着手或者挎着胳膊的。这样在路上走着我就老觉得自己还是他们的小朋友，一直也没长大，我可以只管甜甜地过活，可以无忧无虑的。

老马能跟家人保持身体接触的原因还有一个，那就是他会按摩！ 这点非常重要，我家的人脊椎或颈椎多多少少都有点不舒服，经常会疼痛或者感觉不通，有时候突然难受了或者出去玩儿不方便找按摩的地方，老马的巧手就派上用场了。他的手有劲儿，瘦但是不柴所以不硌人，按摩起来特别舒服。我老坐着时不时会感觉到肩那儿堵着然后整个头都胀得疼，求老马帮我稍微揉一揉就能好很多，一般情况几天内揉个三四次准能好得差不多。我还小尚且如此，老丁对老马的按摩的需求量就更大了，她腰和脖子都时常不舒服，所以很经常找老马头儿帮她揉揉。作为回报，我就会帮老马揉肩捶背（因为老丁实在是不会给人按摩，每次她给我揉我都觉得像挨打似的超级疼）。讲道理一次按摩也就五六分钟，但是真的很管用，而且很能增加信赖感，也是家人之间增进感情的好方法之一。

8. 老马算半个语言的艺术家

老马其人，虽然学历不高，只到高中学历，但说话很有意思，也很有韵律，难能可贵的是他说话总能逗得大家都开心，可以称得上是半个语言的艺术家（喝了酒的情况除外）。

简单举个例子，老马头儿特别喜欢说话一套儿一套儿地说，结尾一般都是押着韵的。"新的一年又来到，老马拉车不松套""机灵鬼儿透亮奋儿，小精豆子不吃亏儿"，等等，等等。我特别喜欢跟清醒的老马聊天儿，他这人虽然酒后说话不太中听，但清醒的时候是很甜的。仿佛他就自带着一股子幽默劲儿，跟他聊几句大家就都乐呵呵的。我有时候会偷偷想，老马是不是在假笑呀，毕竟他喝了酒之后总是觉得这世界一点儿也不爱他。

平时他总是笑嘻嘻的，见了谁都要热情地打个招呼。就我们家楼下附近的水果儿店、小超市、停车场看门儿大爷，甚至连经常来我家送快递的男人他都能跟人家像朋友似的扯上几句。我去附近买点儿什么东西的话，要是去有他"熟人"的店，他还会让我提他的名字看看能不能给打折（现实是几乎没有因此给我打过折）。跟家里人更是，过年串门儿不管去谁家，家里的老人们总是上来就找他，一进家门就扯着他说话，干果儿、水果儿都紧着他爱吃的拿出来，他喜欢的热茶更是早就准备好了。跟着老马头儿去串门儿，经常感觉他是在开什么网红见面会。大概是因为平常大家都通过微信联系，一年也就年根了拜年才能见一面儿。尽管是见不到，微信里大家聊天的时候，我们老头儿早就释放出巨大的魅力，在群里的家人们纷纷转粉。

而且有一点儿很重要，那就是我们在外面吃饭的，他有时候喝了酒瞎聊天儿，严重的时候会有点耍酒疯儿的意思。可能大家会看到他晃晃的，说话开始有点儿喘，但他脑子是非常清醒的。以前我小的时候问他，爸爸你天天喝酒头不晕吗？不难受吗？他都会认真地跟我讲，他喝点儿酒以后脑子才清醒。

有一回过春节的时候，我们跟舅舅一家人去饭馆儿吃饭，他喝了点儿酒，之后说了一句去上厕所然后就没回来了。舅舅有点儿担心他会不会出什么意外，就去找他，结果发现他跟人家包间儿里的一个男的聊上了，是以前就认识的人，出门儿找服务员的时候一看见我爸就认出他来了（可见多少年我老爸的形象就没改变过），结果俩人儿聊得不亦乐乎。最后舅舅找到他之后还意外地被拉去给人家俩人儿拍了照片，这才又回来吃饭。

还有一次也是差不多的情况，吃着饭隔壁桌的人过来跟他套近乎，没想到还真是认识的人，结果俩人就着一扎啤酒聊了半天。说着说着激动了他还去人家桌聊天儿去了，我们一度都很担心他会不会喝多了在人家那儿说了什么不中听的话挨打，结果

● 老马其人

人家过了快一个小时回来了，还带着一开始来攀谈的那个人。看到他带着人家回到我们这儿，我心里有点儿犯嘀咕，心说这人怎么还跟着呢。反正说来说去也就是些以前如何如何的话来来回回车轱辘似的没完没了，最后时刻那人说要不明天约着一起玩儿吧。我当时都为老马头儿提心吊胆，毕竟我们是和舅舅一家子一块儿去的，第二天有自己的安排，生怕他兴致上来了跟那人约点儿什么。没想到他还是清醒的，立马说："不好意思我们明天有安排了，以后有缘再见吧"，跟人家握了个手就说再见了。这个是出乎我意料的部分，也真正让我相信我们老马哪怕像是喝多了但不会失去理智。

第三章　我与老马

1. 宠 我

　　本章是我最骄傲的一章。虽然在老头儿的爱里占比不大，但我依旧感受到老头儿特别宠我。可能是因为从小到大，不管是学习还是生活，一直都是老马头儿扮白脸儿，老丁扮红脸儿。因此我的印象里，爸爸是最好说话儿的，而妈妈是最不好惹的（近年来随着我长大然后二老岁数变大，这个情况有所改变）。

　　就像所有宠女儿的爸爸一样，他总是说他是把我含在嘴里怕化了，捧在手里怕摔了。不管是小时候还是我长大了之后，要是我磕着家里什么桌子椅子柜子了，但凡是我磕疼了、磕红了，只要是我找到我们老头儿，跟他哼哼几声，他一定会指着磕我的东西狠狠骂上几句，然后用他热热的大手揉揉我的胳膊或者手，一边儿揉一边儿说："没事儿没事儿，啊，呼噜呼噜毛儿吓不着，没事儿没事儿，一会儿就好了啊。爸爸给你发功，嘿，气功，你看看，没事儿了。"这招儿屡试不爽。

我小时候最喜欢的时间就是周末回家的路上，坐在爸爸自行车儿的后座，跟着他绕小巷子。遇到小卖部儿，我们就停车，他喝听儿啤酒，我吃点儿零嘴儿。夏天的话可能买根冰棍儿或者喝点儿汽水儿，冬天的话就能吃热热香香的烤地瓜或者糖饼儿。我们一路东扯西扯，我听着爸爸说各种有趣的话题，路过五金店就看看焊接，穿过体育大学就瞅瞅帅哥打球。路线没怎么变过，但常走常新。

老马头儿爱喝酒，所以他很喜欢吃凉菜下酒。众多凉菜之中，他最喜欢的就是花生米和拍黄瓜。而在这两者之中，拍黄瓜又更胜一筹。所以一到夏天他就老做拍黄瓜吃，连带着我就特别喜欢吃拍黄瓜。这习惯从小学一直延续到现在。虽然我妈老埋怨他，说我是因为爱吃拍黄瓜才胃不好又体寒，但是我实在是太喜欢吃了。所以有时候妈妈不在家，老头儿就偷偷儿做，我们俩就偷偷儿吃。我们俩结成了拍黄瓜联盟，还因为拍黄瓜有了小秘密和一起偷偷儿吃拍黄瓜的快乐。从饮食这个角度来讲，我很随我家老马头儿。除了喝酒抽烟，基本上他爱吃啥我爱吃啥。他跟我说过，以前他年轻的时候，因为特别喜欢吃面条儿，就老吃面条儿，大家都叫他马老面。结果我在比他更小的时候就开始喜欢吃面条儿，所以他"授予"了我马小面的光荣称号儿。

我读初中的时候，凭着一次期中考优异的考试成绩向老丁申请买到了一款 Hello Kitty 的触屏手机，我对它是爱不释手，天天最少抽二十分钟玩儿里面的小游戏——Kitty 爬树。直到有一天，放学的时候下起了倾盆暴雨，我在学校犹豫了很久，最后看雨势没有变弱的意思，我咬了咬牙还是决定赶紧骑车回家，因为已经五点多了，我的肚子都快咕咕叫了。不幸中的不幸是，我一到家就发现，我的 Hello Kitty 小手机不见了！我惊呆了，心里一下就慌了，但是外面雨越下越大我也不敢再出去找。我完全没顾得上洗澡，把家里带着门口儿走廊仔仔细细里里外外都翻了个遍。结果当然是没找到我的手机。然后老马头儿回家了，我战战兢兢跟他讲了这个事儿，他听了先是埋怨了我几句，但是一看我快哭了就没再多说。他催着我赶紧洗个热水澡，让我先别多想了他自己出去找找。过了半个小时他回家了，我正吹着头发，他浑身都湿透了，回了家走过的地方儿一路都湿湿嗒嗒的。他还没开口，先把我的小手机递到了我眼前，我当时真的惊呆了，外头那么大的雨，我难以想象他是怎么沿着周遭泥泞的路找到这么个小玩意儿的。虽然这个手机最后还是因为被水淹了寿命不长，但是我一直把老马的神武英勇牢记在心。

　　有一次高中放学我坐公交回家，倒完车在第二趟公交上遇见了我家老头儿。那天人挺多的，我坐在最后一排而且身边刚好还有个座位。人头攒动中我一眼看见了我家老头儿，我赶紧招呼他来我边儿上坐下，他拎着两兜子东西满头大汗地坐下了。我

俩不常偶遇，那天在车上遇见了特别高兴。我兴奋地问他他袋子里都是什么，他跟我展示说一兜子是苹果还有一兜子是野菜。我一琢磨，我肚子有点儿饿了，野菜不方便吃，但是苹果真的挺馋人的。我动了心思，但是又觉得坐着车呢吃东西不好，所以就可怜兮兮地跟我们老头儿说想吃苹果，他说吃呗，我说这也没洗怎么吃啊，他随手挑了一个往自己袖子上蹭了蹭就给我递过来了。我当下都愣住了，结果人老人家说不干不净吃了没病，放心吃。我一看，苹果无罪，看起来也很好吃，没再多想我直接咬了老大一口，别说，还真好吃，又甜又脆。我扭过头儿跟老马说，好吃，还把没咬的地方儿举到他跟前儿让他尝，结果他自己不吃。当时我还觉得我老爸肯定是想让我多吃点儿，其实人家可能是嫌不干净，啧啧啧。虽然苹果可能不干净，但我也没啥事儿，我们俩还都挺高兴。老马属于看自己喜欢的人吃东西吃得香就特别高兴的那类人，所以他看我吃得挺开心他就也高兴，他一笑我吃得更开心了。那会儿我就满心想着，在公交车上能碰到爸爸真好，真高兴。看着爸爸笑得开心，我内心也很满足。

　　我高三那年，早上为了赶公交去学校起得都挺早。起得早饿得快，但是又不想总吃外面的早餐摊，我就天天儿缠着老马头儿给我做早饭。虽然他本来要上班一般七点半左右才出门（我大概六点半就出门了），但是为了让我不饿着肚子坐车上学，他经常会早点儿起来给我做早饭，而我也就养成了早起几乎要吃一顿正餐的习惯。什么面条儿啊包子啊、炒饼炒饭，再或者是卷饼，有时候甚至直接炒菜配饭，都是老马给我做过的早饭。他做的早饭太好吃了，以至于我基本上每天晚上在他睡觉之前都要跟他讲上一句"爸爸明天一定要给我做早饭啊"。要是第二天早上真吃到了他做的早饭，我能高兴好半天，嘴里都塞满了吃的嘴角还往上翘着呢。不过要是第二天早上没吃上他做的早饭，估计到上午第三节课我都打不起精神，到第四节课就要琢磨今天学校给什么午饭，第五节课简直坐立不安就只惦记着吃午饭的事儿了。而且晚上回了家我绝对会跟老马头儿念叨一大串儿，中心思想就是明天千万必须一定要给我弄点早饭吃。

　　说起老爸，我以前总觉得自己不像他，但是我发现我其实只是没有意识到。我的生活方式、思维方式、说话方式、对事对人的态度，没有一处没他的影子。他带给我的影响，总是有正有负的，但他给我的爱是最强烈的。他在的时候我冷不丁儿地觉得他有点儿腻歪，因为他总是把"什么"都挂在嘴上，平常老是爱呀、喜欢的，弄得人怪害臊的。现在再回过头来想，他说出来的跟他实际做的事一比可少太多了。

做了二十多年父女，小故事太多了，被遗忘的事儿也太多了，只能一点儿一点儿补上，一点儿一点儿找记忆。

2. 我和老马的默契

在家的时候，我时常觉得我和老马简直是对方肚子里的蛔虫儿。晚饭时间一家人都坐在餐桌儿周围，我一抬手，嘴里还嚼着东西也没法儿说话，老马直接就把餐巾纸递给我了。晚上有时候我遛弯儿买了点儿鸭脖子或者鸭肠儿回家，我刚进门儿，他看见我手里提着吃的，特别自然就拿起小酒儿落座了。我看见这种场面一般都会说上一句："嘿您老还挺自觉啊"，然后老马头儿一定会说："你快去拿双筷子"，然后我俩就打开电视瞎看个啥节目开始吃，反正也是为了吃，醉翁之意不在酒。有时候我洗澡忘了带毛巾，我还没来得及喊毛巾两个字儿，他就把我的毛巾从阳台拿来放在卫生间门口我能伸手够得到的地方儿了。

晚上他和老丁睡得比我早，我在客厅看电视往往音量开得很小，手边总是备着两个水杯，因为老马睡着睡着偶尔醒了就会找水喝，所以他一咳嗽我就倒杯水进他俩卧室看看是不是要水了。类似这样的小默契呀小习惯的还有很多，一点一滴都留在我的记忆里。

在外我一直以我家老头儿优越的厨艺为骄傲，以至于很多我很亲近的朋友都到我家吃过我爸做的饭并且赞不绝口。因为他做饭好吃，基本上每次他做完饭，我一吃，嚼着嚼着就会不自觉地一边儿点头儿一边儿说"嗯、嗯、嗯"。我爸说他特喜欢听我这"嗯"，这就说明他做得好吃。而且因为我家的饭桌儿正对着电视，一般吃饭的时候都会边看电视边吃饭。可是我这个孩子，一看电视很容易就忘了吃饭了，每当这种时候，老马头儿也不说我，他就拿筷子"叮叮叮"敲三下碗边儿，我就意识到了，然后我就会习惯性地冲他抱歉地一笑，再继续吃我的饭。这样儿的"程序"大概吃一顿饭能有个三四回，所以一顿饭有时候吃一个小时对我来说都不算长，而每回我不好意思地笑着看向老马头儿的时候，他都会笑得特别开心，仿佛发现了我什么小秘密一样。

虽然我家老头儿总嫌弃我不化妆不穿他认为漂亮的衣服，但是不管是我画画儿了还是唱歌了，他别的话一概不说，就只会夸我，变着花样儿夸我，我真的认为如果一个人真的爱另一个人，日常的夸奖和鼓励是必不可少的。虽然每每我做什么事儿之前我家老头儿都会把最坏的结果以及我做这个事儿过程中可能会遇到的岔子都跟我讲一遍，而且是以我非常不喜欢的语气，但是只要是我做完了一件事儿，如果结果好，他第一个为我高兴，然后吵吵嚷嚷地张罗着要做好吃的庆祝，如果结果不好呢，他第一个就会来安慰我，跟我说这一切都没什么大不了的，爸爸妈妈都在呢，都会一直在背后挺我的。也就是因为他一直这样跟我说，不管我做什么事儿失败了，我自己自责过一阵儿之后，就能很快地把我的想法转换到比较积极的一面儿来，因为我知道我家老马和老丁还在呢，还有他们做我的靠山呢，没什么可怕的。这也是为什么他离开之后我有很多时候心里总会感觉到空落落的，不光是因为他人不在了，而且我心里的靠山也少了一半。以前不管我怎么折腾，我心里有底儿，现在不是了，就感觉在这偌大的世界上我不能再"肆意妄为"了，少了一份儿潇洒，多了一份儿小心翼翼。

继我妈考到了驾照之后，我成为了我家第二位拥有驾照的人。我考下来驾照之后，我们家出门渐渐就都是我开车了。刚开始开车的时候，我对北京的路况什么的都不熟悉，经常会被人按喇叭，然后我对被人按喇叭这件事就有点儿犯怵。一是因为开着车很集中，突然有喇叭声会被吓一跳，再有就是新手儿到底是开车不熟练，一被人按喇叭心里就很慌，担心自己开车哪里不对，然后就会有更大的安全隐患。其实讲道理，新手们开车被按喇叭了可以稍稍宽心，因为你被按喇叭未必是你开车开得不好，有可能就是对方自己不小心按到了或者他就是心情不好在那儿乱按，所以只要自己没有什么失误就不用心里太慌。自从老马发现我会发怵开始，只要我被按嘀嘀了，我还没说什么，他第一个上来说按嘀嘀的人，就仿佛人家犯了啥大错了似的。每次听他那样儿说我都释怀很多，后来渐渐我就不怕人家按了，心态平和了许多。不得不说，老马看着五大三粗的，其实心思还是很细腻的，会默默关心人爱护人，怪不得走到哪儿都招人喜欢呢。

还有一点是我自己觉得我跟老马之间的默契点，就是他出去跟别人喝酒的时候，只要我发脾气催他走了，哪怕一起跟他喝酒的人都说我不懂事儿，但是我们立马就能走，有时候他第二天醒了还说跟我说谢谢，因为我帮忙让他离开酒局回家了。这种情况在我小的时候还挺经常发生的，有时候他在附近的饭馆儿跟朋友喝酒吃饭就会带着我去，我就负责在边上乖乖儿吃东西。但是呢，酒局这个事儿，很多时候喝开了就不按计划走了。比如夏天的晚上在大排档吃着凉菜撸着串儿喝着啤酒，大家聊着天儿一时兴起这个酒就不好停下来了。时间可是越来越晚，酒兴却越来越高，这个时候，要是老马想回家该怎么办呢？那么就该我出马了，这时候我就尽管

发一通脾气不顾一切就是要让我爸带我回家。以这
种方式，我成功把他从酒局撤回家很多回，说起这
个我还有点点小自豪。

3. 老马对我的恋爱的态度

在开头，有一件事需要强调，第一章里也写到过，
那就是，我们老头儿是世界上唯一一个从不催我找
对象嫁人，跟我说让我一辈子别嫁人留在爸爸妈妈
身边儿的人。这章的内容其实对我们老头儿应该是
个比较新鲜的内容，因为关于恋爱的话题我只跟老
丁讨论过。我从没跟老马头儿正式聊过恋爱话题，
而且有关的话题总是我在说我肯定要嫁不出去然后
在家当老姑娘了，然后他就一边儿跟我强调不能因
为着急就随便找，一边儿跟我说最好我一辈子都不
嫁人陪着他和老丁之后草草结束。所以，希望老马
看到这章的话不要生我的气（也说不定人老人家心
里早就明镜儿似的）。

● 老马其人

　　上了大学之后，我谈过两段恋爱，第一段是一个学长，第二段是同年级的男孩儿。当时谈恋爱的时候就没想着跟家里说，想等恋爱稳定到能带回家的时候再说的。很可惜我和这两位都没能走到那一步。我爸有见到过后面那位我的同龄男生，只不过我没说是我男朋友。其实我感觉他们应该也是能感觉到，就是没戳破我。当时我生病了，我爸妈去学校看我，他们住在了学校的宾馆。我那会儿住院了，出院之后需要把医院的东西转移到宾馆和我宿舍去。爸爸妈妈打了车，但是东西太多了，我坐不下。没有办法我就叫他借了个电动车送我一下，然后在宾馆门口，我爸妈就看见他了。我当时就说是同学，他们就问我，这孩子是不是喜欢我，我也不敢说是谈恋爱呢，就说可能吧，就给糊弄过去了。虽说就见了一小下下，但是老马老丁还是问了问关于他的一些情况。比如多大啦、学什么专业啊、跟我怎么认识的啊、关系有多好之类的，全问了个遍，我也就挨个儿回答了。也可能是他们觉得确实我俩没啥事儿，也没多说什么，就说学体育的孩子肯定聪明。

　　再后来，我回家开始上班，直到我出国念书，都没再谈过恋爱。然后就落到了变成"家里库存"的局面。其实可能是受了我们老头儿的影响，要是一个男生跟我能聊得来，并且生活技能比较强，很大程度上我就会喜欢这个男生。希望我以后的男朋友或老公会是这样的人。

　　虽然这几年陆陆续续我也参加了好多老马和老丁的朋友们的孩子的婚礼，还去过跟我同辈的家里亲戚的婚礼，但是老马头儿从没催我找过对象。在他眼里，我还是那个磕了碰了都找他撒娇，累了就求着他给我做好吃的的小姑娘，他的掌上明珠。他总跟我讲，说找男人千万不能找他这样儿的，抽烟喝酒说脏话，以后要是带这样儿的男朋友回家他肯定要给人家赶走。但是他不知道，能够得上他的优点的男人在我看来也不多。有时候他跟我提起他的好兄弟当爷爷了天天在家忙活着带孩子，我就问他是不是特别羡慕人家，是不是也想抱孙子。结果他说，我不想抱孙子，只要你过得高兴就行，谈不谈恋爱、结不结婚都无所谓。然后就说出了那句我牢记在心的话，你最好一辈子别嫁人，就跟我跟你妈身边儿待着多好。我心里虽然总是一股暖流，但是为了那点不值钱的面子，一次也没跟他说声"谢谢"，现在好后悔。我很想谢谢他没有嫌弃我是"家里的库存"，我想谢谢他一次也没催我找男朋友，我想谢谢他不管我怎么样都还是把我奉为他的掌上明珠。要是没有他，我不会是性格这么甜的小孩儿，我不会知道怎么体贴人，我也不可能见到好的爱情是什么样子。是他和老丁让我坚定不移地相信，爱情是那么美好的东西。

我好遗憾，因为我的老马头儿不会见到娶我的那个男人了，他也不能亲自把我的手交给那个男人然后对我说"新婚快乐"了。我们家内部以前讨论过，等我结婚的时候不办婚礼，不要那些烦琐的流程，就两家人一起出去旅个游就行了，毕竟家庭和谐才最重要。但是老马不能参加了，我感到非常遗憾。我甚至幻想过以后我找了男朋友我家老马会吃醋对我发小脾气，可惜那些都不会发生了。但我也相信，我的老马即便不能握着我们的手祝我们新婚快乐，他也会暗中一直保护我的，毕竟他才是世界上最爱我的男人，这一点永远不会变。

4. 老马生我气但从没打过我

虽然有点王婆卖瓜的意思，但我确实是一个"（全家）公认"的比较乖的孩子。小时候偶尔惹过爸爸生气，但最多也就是一两回，而且比起生气更多的是着急。长大后我就完全没有惹他生气过（拦着他喝酒的时候他确实会不高兴，但心里明白我是为他好所以也没有跟我起急过）。

　　第一次我让他着急是在我三岁多上幼儿园的时候，不过这件事儿我本人是没有印象的，这都是爸妈在我长大之后告诉我的。有一天他们出门儿回家之后找不到我了，他们就满大街找，找了半天才找到，把他们给吓坏了。那我做了什么呢？我自己出门儿去了我的幼儿园。最后还是幼儿园的工作人员联系了他们，他们才找到我。几个小时里他们还试图报警，但是因为失踪时间太短，还没办法儿动用警力。他们跟我提起这件事儿的时候总会说，你小时候可有主意了，可能个儿了，三岁小屁孩儿自己能过马路跑到幼儿园去，让大人干着急。然后我就问，我自己怎么过的马路啊，多危险啊。然后他们就告诉我，我可机灵了，我会跟着街上的大人等红绿灯，人家走我也走，人家不走我就站着。而且竟然我自己能记住去幼儿园的路。他跟长大的我说的时候虽然是带着开玩笑的腔调儿，但他最后总会缀上一句，那会儿我可没少着急。

　　第二次我让老马老丁着急的起因也跟这个比较类

似。大概是我五六年级的一个夏天，他和老丁从我的课外班儿接我回我奶奶家。因为距离并不太远，走路"撑死"也就二十分钟吧，他俩就说走回家吧顺便锻炼锻炼，我当然是很高兴了，反正我都下课了，剩下的事儿就是回奶奶家吃好吃的了。当时我很有活力，一路上都蹦蹦跳跳的，总嫌他俩走得慢，所以我就自己先快走一段儿，然后找阴凉的地方儿等他们。这样一段儿一段儿地走了一会儿，我觉得等他们太无聊了，而且回奶奶家的路他们也都认得，没跟他们说一声我就自己先跑回奶奶家吹空调了。这下好了，他俩走了一段儿又一段儿但是没看见我，一下儿就慌了，以为我被拐跑了，四处找我。那会儿我也没有手机，而且我一心想着他俩一会儿就到家了，我自己到了奶奶家也没跟他们打电话报备一下。大热的天，在这样信息不对等的情况下，他们找了我两个小时，下午四点下的课，天都黑了他们才回到奶奶家。

　　到了奶奶家之后他们发现我竟然在家里悠闲地看着电视吃着水果，一下那个火儿就起来了。一开始我还没太当回事儿，毕竟他俩也到家了。直到我被叫到

● 老马其人

屋里训话，看见我们老头儿都急哭了才意识到了事情的严重性，最后这件事是以我跪着道歉收的尾。这是我从小到大让老马生气最严重的一次了。本来他俩去接我放学是一件很温馨的事儿，很遗憾最后是这样结尾的。但是即使是这样儿，他再生气，哪怕自己都急得飙泪了，也没有打过我。

我记忆中还有一次，有点儿搞笑但是老马头儿应该是真的有点生气了。大概也是我小学时候一个周末的下午，他正在睡午觉，一直睡到了五点多。我饿了，就想叫他起来做饭吃，但是叫他他也不搭理我，也不起床。我等了好一会儿，后来实在饿了，我就起了个贼心眼儿，我悄没声儿地跑到他边儿上想去拔他的鼻毛儿。还没拔下来，刚碰到一根毛儿，一下儿他就醒了，不光醒了，还特别生气，冲我嚷嚷了一句"你这小兔崽子，干什么呢你，上一边儿待着去，再动我我打你了啊"。听了这话我撒腿就跑了，无奈之下自己找了点儿零食吃了。

之后我就没再惹他生气过了，基本上都是哄着他或者跟他撒娇了。随着他年龄逐渐增加，他也不怎么生气了，就是偶尔耍耍小脾气，或者嘴上找补几句。但从小到大，他真的没有打过我，最严重也就是骂我几句了。想想我也挺皮的，要不是老马这么护着我宠着我，我可能就变成叛逆小孩儿了。

5. 我"宠"老马头儿

宠都是相互的，不光是老马老丁宠我，我也在以我的方式尽我所能宠着他们。虽说以我现在的钞能力还不足以承包二老的日常生活，但是在我的能力范围内，刨除我的日常基础花销，我都会先紧着他们来。其实宠倒不是说非要拿钱买点儿什么给他们，我觉得只要平时多在他们身上用心，让他们开心才是宠的精髓。

我们老马头儿可喜欢吃零嘴儿了。除了他一直都很喜欢吃的江米条儿、萨其马、蜜三刀儿、自来红、猪头肉、猪耳朵、小肚儿等固定项目，有时候我自己出去遛弯儿总会往家买点小零食，除了我自己吃一部分，老马和老丁的份儿也都是有的。有时候要是我买了花生米或者什么锅巴了，那老丁可就吃不上咯，我们老马头儿自己一个人儿喝着小酒儿就能拿它们当个酒菜儿都给消灭了。吃着哪个顺口儿了还会跟我说，让我下回再给他买点儿。虽然看起来是个不折不扣的糙汉子，但是我们老头儿特喜欢吃甜的，前面提到的各种经典点心就不再重复提了，除了点心他还喜欢吃从我小时候流行到现在的大虾酥。这个糖是又酥又甜，口感硬实但是吃完一个真能甜到心里去。或者是徐福记的各种酥糖，老马头儿也都喜欢吃。每回他们去参加别人的婚礼回家往往会带一些喜糖回来，我都会帮他把里面的酥糖挑出来然后摆在平常他坐的餐桌的那边儿，这样方便他什么时候想吃了就来一个。

　　我工作了之后总喜欢用自己的工资给老马和老丁买衣服，一方面有点儿想炫耀自己挣钱了能给家里头的二老提供点儿福利了，另一方面也是真的想用自己的钱承包他们的衣柜让他们体验一把被孩子"养"的感觉。我们老头儿不喜欢逛街，以前我们仨一起去逛街，他都是自己找个犄角旮旯儿喝听儿啤酒等我和老丁逛完街一起回家。所以他好多衣服要么是我跟老丁想着要给他换换新衣服了一起挑好了当礼物送给他的，要么就是他提出需求之后我们去商场给他按需购买的。每每给他买回来衣服他都特别喜欢，从来不会嫌衣服有什么不好的，有时候就那么两件儿衣服就能穿一整个儿夏天。我老说他让他多换着衣服穿，老紧着一件儿穿快得很，但他不肯，我就只能换个路子，多给他买几件儿衣服，这样儿他就能换着穿了。他出门儿了有时候还会跟人炫耀这是他闺女给买的。听他跟别人炫耀的时候，我嘴上虽然说着"哎呀别提了"，但是心里别提多美了。

　　除了吃穿，住行上我也很想让他省点儿力。在家老马头儿一般会负责做饭，但是做完饭他不喜欢刷碗，一开始我也不洗，老丁也不洗，结果那么堆着堆着就堆一池子了。最关键是他这池子里不光是没洗的碗，还有他做饭的时候洗菜摘菜扔进去的菜根儿之类的东西，一周不洗真的堵池子外加一股子味儿。后来我发现，真是没人爱管这个事儿，我就自己捡起这个活儿了。后来只要我在家住，堵池子这个情况就几乎没出现过了。我会开车了之后总问老马头儿要不要送他上班，他的回答总是拒绝。要不就是觉得又堵车又费油，要不就是觉得太折腾我了。所以我就经常到公交车站接他回家，哪怕帮他拎点儿东西或者跟他搭搭话儿聊到回家他也很高兴。

从小我就很注重每年老马和老丁的生日以及父亲节母亲节还有儿童节。小学时期，每年我都会认真地给他们俩写贺卡制作小礼物，而且很少是外面买来的东西，就连贺卡我也是自己制作。内容全是煞费苦心地自己写。第二章中提到过三年级的我曾经"威胁"老马头儿不要再喝酒了。其他年份的贺卡当中也有类似这种有点儿搞笑也有点儿无奈的内容，但是更多还是表达我的爱意。长大以后虽然贺卡没有再送了，但是小礼物或者亲手做顿饭之类的节日庆祝活动家里都还是有的。儿童节在我家也算一年当中的重要节日之一，当然不是为我家的二老过，而是我自己通过每年都在儿童节跟他们要礼物的形式强调我还是个孩子，这么一看我也是很幼稚，不过人都有幼稚的一面，成熟的那面充分成熟就够了，偶尔幼稚些无伤大雅。

　　虽然经常在言语上嫌弃我们老马头儿，真到要夸他的时候我也从不含糊。我们说话互损是相处的一种方式，但是不开玩笑的时候都是在很认真地互相夸赞以及互相帮助。他属于老一辈儿的人，又临近退休，对于学习数码产品相关知识没什么兴趣，所以他在使用手机的途中遇到什么问题总会来"请教"我。大多数时候我都认真教他，不过也有几次他问了几遍同样的问题，我觉得他可能是真的不好记住，所以后来也就不教他了，我直接帮他处理了就完事儿了，现在我还有点儿后悔，应该继续认真教他的。除了数码产品，他在写东西的时候经常会提笔忘字，这种时候他也会来找我虚心求教，每次他学会了我都非常非常真挚地夸他学习精神特别好，他听了这话就更开心了。不得不说，我们老马遇到问题从来都是很虚心地找懂的人求教，这点儿我还要向他学习。

6. 要跟老马头儿说声对不起

对不起没听你的涂了指甲油，对不起没听你的熬了夜，对不起没听你的没有自觉好好地锻炼身体，对不起没听你的没主动出去找对象，对不起没听你的还是吃了不少凉的，对不起没听你的泡面还在时不时地吃着，对不起没听你的跟学体育的小子谈了恋爱，对不起。对不起没听你的话留在国内，对不起没有留在你身边，对不起没能让你戒酒，对不起没有带你去做体检，对不起没开车带着你多玩玩儿，对不起没给你做我拿手的丸子汤，对不起你在的时候没帮你擦过一次鞋，对不起没能成为更好的孩子，也没成为更好的大人，对不起没让你在临走之前再见到我，对不起没给你烧完七个礼拜的纸就回学校了，对不起见到躺着的你还埋怨你，对不起你在的时候让你担心我了，对不起没能成长为那么坚强的大人难过还是要掉眼泪。

对不起不能让你看我研究生毕业了，对不起不能给你介绍我未来的老公了，对不起不能让你看到我成家立业了，对不起不能让你带我的孩子了，对不起不能带着退休的你到全国各地去玩儿了，对不起不能让你体会到好多地方退休老人免票的优惠政策了，对不起不能给你过六十岁的生日了，对不起不能陪你给老丁过六十岁的生日了，对不起不能在你和老丁的结婚纪念日给你们买纪念礼物了，对不起不能再跟你一起遛弯儿了，对不起不能让你退休之后在家养狗了，对不起不能再跟给你打视频电话了，对不起不能再叫你起床了，对不起不能再挽着你的手一起走了，对不起不能再跟你一起坐公交车去奶奶家吃饭了，对不起不能再让你看我画画儿了，对不起不能再在下班路上偶遇你了，对不起不能再跟你一起和面包饺子了，对不起不能再泡点儿木耳等你回家了，对不起不能跟你背着老丁偷偷儿吃拍黄瓜了，对不起不能再带你去看电影儿吃爆米花了，对不起不能让你住在我新装修的咱们家了，对不起不能让你来接我下班了，对不起不能再给你买衣服了，对不起不能让你过上靠我养着的悠闲日子了，对不起没能让你看到我滑冰的样子，对不起但我觉得我一辈子也填不上你在老丁心里的空位了。

对不起爸爸，我好想你。

我好想带着你和老丁玩遍儿国内的名山大川，我好想看你带着老丁凭老年证免费进公园然后向我炫耀，我好想让你跟老丁周末一起去郊区玩儿，我好想看你俩去公园玩耍的照片儿，我好想跟你再去花鸟鱼虫市场听你给我讲花鸟的品种，我好想再跟你一起再在咱家的小院儿种菜，我好想再骑着三轮儿车带着你和老丁出门儿，我好想再跟你一起骑着车兜风，我好想再随便磕到什么地方让你替我痛骂几句，我好想再在回家的公交车上遇到你然后向你讨个苹果吃，我好想再跟你一起出门遛弯儿然后缠着你请我吃东西，我好想再看你跟朋友挥汗如雨打乒乓球，我好想再吃你给我随便做的什么菜因为肯定都很好吃，我好想再在楼下公交车站等你下班回家，我好想再跟你一起看北京台的档案节目，我好想再带你出去吃好吃的，我好想再买了新衣服听你夸我穿着真好看，我好想再听你催我化妆买高跟儿鞋穿，我好想看你再跟老丁并肩走在路上，我好想再跟你和老丁照一张全家福。

感谢：

    在此要感谢我的母亲和其他所有的亲人，以及本书中提到的所有我父亲的朋友、母亲的朋友以及我自己的朋友对我和我母亲的帮助及陪伴，特别要感谢我的母亲，是她对我的支持鼓励着我一路前进。